최중기 여덟 번째 시집

하늘 녹이는 달빛

국립중앙도서관 출판예정도서목록(CIP)

하늘 녹이는 달빛 : 최중기 여덟 번째 시집 / 지은이 : 최중기. --
서울 : 한누리미디어, 2018
p. ; cm

ISBN 978-89-7969-780-3 03810 : ₩10000

한국 현대시 [韓國現代詩]

811.7-KDC6
895.715-DDC23 CIP2018024491

최중기 여덟 번째 시집

하늘 녹이는 달빛

한누리미디어

차례

제 1 부 _ 물섬바위

Contents

제 2부 _ 꿀벌들의 봄맞이

차례

제3부 _ 어려움도 참으면

Contents

제4부 _ 거미줄에 걸린 나비

차례

제5부 _ 눈 위 새 발자국

Contents

제6부 _ 어머니의 거울

차례

제 7 부 _ 하루 시작은 정지로부터 오는가

제 1 부

물섬바위

물섬바위

빛이
와 놀다가
떠난 자리

건성피부
도져
가려운 등피

긁어줄
이를 기다렸더니

쓰윽
쓰—윽
찰싹 찰싹

치며
뿌려대니
시원한 등허리

하도
고마운
물사래

동행

아침 창
반짝 반짝

해맞이
성애 꽃
풀어 물기로

추녀 끝
줄줄이
고드름도 녹아

하나 되어
댓돌 둘레
굽이돌아

퐁 퐁 퐁
물삿갓 쓰고

낙숫물로
거듭나
마당가를 지나간다

물풀 숲

갈 때도
계절을 품고

곧
떠날 준비
서두르는데

흐르는
물도 버린 오물들

그리고
물풀들
괴롭히던 잡동사니

모두어
쓸고 가니

너무나
고마워서
손사래 치네

좋아라
떠났던 버들치
다시 모여들고—

일몰

태양도
숨었다
서산 쪽으로

따르던
호위무사 노을빛

뒤따르던
그림자도
오간 데 없고

지상은
어둠뿐이니

요란했던
거리도
서서히 숨죽이고

초승달만
배시시
웃음 짓는 아래엔

풀벌레
재잘재잘
소리 푸는 여름밤

권모술수

신분상승
뭐 그리 대단한지
선거철만 되면

상승을
위해 모든 수단
거머쥐고

고개 넙죽—
안면에는 철판 깔고
눈알만 굴리네

머리는
텅텅
채운 게 없고
도(道)도
모자란 듯……

그러나
혓바닥은
살아서 날름거리며

민심을
버무려 요리해
맛나는 표심

울궈
받아 받아
자리에 오르니

놀랍구나
흉내 낼 수 없는
권모술수

도둑고양이

이 시대
마지막
도둑이던가

밤이면
드는 그대는

칼은
지니지 않아
강도가 아닌 도둑 맞구나

그래
어쩔라고
가진 게 없으니

그러나
저곳 프라이팬
생선 한 토막

신고는
아니 하니

그냥 가져가게

줄 건
그것밖에
없구나

태풍

바람이 분다
어둠이 짙더니
검은 구름도

천둥
번개까지
동원해서

치고
뽑아내고
부러뜨리고

산허리도
군데군데
상처를 내면서

고작
길을 막는다고
마구 휘둘러대니

소갈머리 치고는…

행위 시(詩)

— 해우소에서

쉬(詩)
오줌줄
철 철 철

고요를
깨고
파리들도 날개춤 추네

아무도
흉내 낼 수 없는
행위 시(詩)

시 같이
살다 보면
모두가 시적 대상

그곳만
찾아들면
시(詩)가 줄 줄 줄—

연곡천

— 강릉 시내 소재

먼 길 멀어
타지에서
도지는 그리움

지금쯤
흘러 도는
샛강 물길, 연곡천

삼동(三冬) 깬
피라미
배꼽춤 추겠구나

담장 아래
냉이순도
솟아올라 있을 게고

겨울 텃새
시린 부리
햇살 쪼아 녹여내는

삼삼
내 고향
그리운 삼산리—

뜨락 정원

초록
봄빛 흔들림도
고운

봄소식
맞아 반기는
생기 이는 뜨락 정원

가지 끝
매화봉도
터지는 소리 귀 열고…

흙담
머리 봄마당
후벼대는 병아리떼

보릿고개

넉넉한
식탁 앞
마주하니

지난날
봄보리 풋바심
물배만 차오르고

찔레 순
꺾어 채우던
그 시절

얼음
녹이는 훈풍도
차가운 설움이었다

장맛
꽁보리밥
도지는 옛 생각

개팔자

— 초복을 맞으며

온다
초복이
느네들 수난

보신의
빌미 앞세워
입맛 돋구려는

나도
전생에
개였다

그래서
봄날이면
가슴 아프지—

충복의
개팔자

업보는
이미 벗었어도

개미들의 행렬

행여나
강물
넘칠 듯해서

이주를
시작한
마을 한 동네

순간
발목 다친
허약한 어린 놈

온 가족
밀고 끌고
부축하는 가족애

따라
행렬
이끌고

대비해 둔

샛강 변전
안전한 돌 틈 아래로

새로 맞이
둥지 트니

이젠 서서히
천둥번개 앞세워

쏟아 불 듯한
검은 비구름…

봄강

산이
웃는다
봄이던가

파릇
파릇
잎 솟고

진달래
봉 터트리는 소리
요란하다

물새들도
자리 찾아 놀고

얼음 뚜껑
연 강
흐름이 부드럽다

찾은 강
마주하니

출렁출렁

물결 주며
나를 반기네

시인의 길

붓길 따라
그림을
그리면서도

시란
차가운 가슴
녹이는 훈훈함에

어려움도
미소롭고
시작(詩作)은

자연의
숨소리
귀 세워
솟아
고이면

성근 삶
익어가는
영원한 품—

자살충동

저승
간다 해서
맞아줄 것 같은가

산다는 건
고고한 거—
때 돼서 가야지

힘겨워
서두는가
참아라 오 분만

잠시
충동은
녹여지리니

낮달이
웃는다

허기진
까마귀도
입맛 접고 솟아오르고

혼술

기뻐도 술
슬퍼도 술
어울릴 때도 술

이내
벗님 같은
혼술이

말을
거는 순간
좋아 홀짝 홀짝

담금질하며
때때로
이어지는

부질없는
혼술만—

제 2 부

꿀벌들의 봄맞이

태동

긴 하품
켜는 산하

깊게
내린 뿌리 끝
길어 올린 수액

쪽쪽
빨다 튼 입술
발그레 물이 들고

볼록 내민
배동받이
산달이 머지 않듯

산기가
서려 들고—

봄날

숲이
잎을 피우면

산하는
온통
너도 나도 소리 짓고

벌 나비
꽃신 신고
꿀 푸는 한나절

파리

채를 들면
손발
싹 싹 싹 빌면서
오침 중
잠 못 이루게
왜, 그리 후벼대는가

그것도
얼굴 면전에
너를
후려치면서도
한 줌 괴로워했다

나도
전생에
말이였었어
볼기 많이 맞았지

너는
전생에
어떤 삶이었기에

꼭 낮잠 중
괴롭히는가

참으로
너와 나
악연이구나—

생쥐

늦은 밤
찾아든
생쥐 벗님네

나하고
술 한 잔
하자 했더니

오늘은
아니다
다음날 보자고

사래사래
꼬리사래
살랑살랑 치면서

지네 집
안방으로
쏙—

황소그림을 보며

— 이중섭 작

입춘 진 지
달포 지나
아직 찬 바람

싹도 봉도
덜덜 떨고
개구리 입 열었어도

다행히
신문지상 황소그림
찬 기운 녹여내네

평생
한 편 걸작
남기고 간 그대

허기진
붓끝 세워
가난을 담금질로

일궈낸
흔적이던가……

흐르는 대로

삼각함수
따라
미분할 수 있다면

미적분의
논리가
세월은 통하지 않는지

지나온
이삼십대
되돌아가고 싶어도

흐르는 대로
갈 수밖에

기억력은
가물가물
주름 금만 느는데

북망산은
서서히
다가오고—

풍란

— 풍란을 그리며

지나다가
길 막는다고
물고 늘어지니

힘겨운
난 잎은
몸 뒤틀며

마구
휘둘러
털어내니

여기 저기
흩어지는
바람의

숨
차오르는 소리—

저출산

어두운
골목도

아이들의
눈빛 있어
밝아지는 거리

손주
놀이로
사랑방
웃음꽃 피는

할배의
행복감도 그렇고

아이의
눈빛은
태양보다 순수해서

해맑은
샛별도 숨죽인다네

그러나
어디에서나
애기 울음 낯설고

그 애들
눈빛 그리워도
해마다 줄어드는 골목

강

어지러운
시대를
헤아리는 듯

흔적들
모두 품고
물빛 울궈내면서

바다 그곳으로
세월의
주름살
헹구어 가며

감아
싸고
도는 물길

날새들새
물고기들도
모두어 누리는

하늘산도
내려와
물구나무 서는

강은
꿈꾸는
낙원 같구나

꿀벌들의 봄맞이

겨울잠
깨우던
촉촉한 봄비

멈추던 날
마른 땅
웃음 짓고

여기 저기
움트는 소리

통을
벗어난
일벌들
잉잉거리며

모두
나와라
이제부터다
라고
날개

세웠다

봄은
이렇게 오는가

호수 · 1

호랑이
뒤를 따르면
숲에 이른다 하더구만

파리 뒤를
따라가면
뒷간뿐이라 해서

물길
따라
가다 보니

외딸은
계곡물
받아 모아

호수를
불리고 있네

구름도
바람도

물결 타고

불어나는 물
좋아라

어린
피라미들
지느러미 춤

아—
놀랍구나

하늘 녹이는 달빛

녹여
받은 달빛

걸어
받아 품은
토담집 지붕

간간
갈바람
스쳐 지나는

어린
조막손
지주대 타고 올라

농익힌
달빛 뉘어
애숭박은 커가고

밤나절
굼벵이도
오랜만에 달빛욕

얼굴

— 거울을 보며

들고 보는
색경 속
웬 얼굴이,

이마엔
주름골이
깊게 패이고

눈에는
백태가
싸고 도는데

나는
아닌 듯
고개 돌리니

어디론지
가 버렸네

손으로
쓰다듬으니
내 얼굴은 그대론데—

노숙에 들며

아차
늦었다
막차는 떠나고

뒷모습
역사
문도 닫았네

살피니
지갑도
입 다물었으니

오가는
거리는
물방개들만

물이 좋았던가
쇠울음 토해내는
요란한 거리라도

이 지경에

하룻밤
몸 둘 곳 없어

지하철 아래
체면도 신분도
구겨 넣고

여유로운
노숙의
하룻밤 잠자리—

족욕

— 샛강에서

내산리
계곡물에
발 담그니

방석 튼
너럭바위
물결치듯 출렁이네

시인을
품고 보니
시상이 떠오르는지

종이와
펜을
달라 해서 주니

바람이
시샘했는지

펜은
또르륵

물결 속으로 들고

종이는
바람을 거머쥐고
어디론지 사라졌네

나를 지고
길잡이하던
발목은

모든 것
내려놓고
거침없이 헹구는데—

취객

― 귀가길목에서

뒤뚱
뒤 뚱
갈지자 걸음에

어쩌다
잠자는
돌부리 찼네

발끝은
통증을 유발하고
하얀 피 줄 줄 줄

일갈,
이 못된 놈
눈깔도 없나

잠 깨운다고
노발대발
때려 칠 듯해서

겁 질린

나는 이미
벌, 벌, 벌,

사시나무
꼴모양

과잉보호

뜨락
정원 한 켠에

물 주고
정 주고 보듬어도
수치는 늘 그 자리

하나
아스팔트
틈새

곱디
고운 꽃 한 송이

돌보아야 할
손끝
비웠어도

보니
홀로 이룬
잡풀이더라

제 3 부

어려움도 참으면

자화상

묵정밭
일구던
황소의 쟁기발에

채인
돌부리

한 줌
손에 던져진
촌로의 조막손

핏빛 울음
삼키면서도
치민 화를 참고

그래도
해해 웃으며

머물 자리
찾아 찾아
나선 조약돌

그는
바로
나였다

입술놀이

— 꽃과 벌

입술
도톰한
장미 한 송이

벌과
입술놀이—

바람막이
담장도
못 본 척 돌아앉고

순백의
백합도
눈을 감았네

수줍은
목련은
얼굴 붉히고

알 듯
모를 듯

아스므레
그것도 대낮에

에이
나도 모르겠다
못 본 척 해야지—

파도

새벽하늘
조각구름
햇살 깃에 물들고

여명의
빛시울
깃을 치는 갈매기

배꼽
아래는

감춘
속살
풀어 헤쳐

휘몰이
으름장
치고 던지며

파도는
출렁인다

바퀴벌레

아
왔구나
요놈 반갑다

그래
냉장고
먹거리 충분하니

맘껏
먹고 가라
무상으로 주리다

그러나
다음 올 땐
신발 꼭 신고 와라

밟고 다니던
자리
치우기 힘드니—

잎사래

— 오솔길 걸으며

맘
둘 곳 없어
새벽빛 더불어

손에
손잡고
오솔길 걷는 길목

풀잎
등허리
몽롱한 이슬방울

정겨움
반갑다
눈길 주며

나도 함께
라, 했더니

사래사래
잎사래 모아

던지는 말씀,

깃든 영혼
깨끗하고 맘도 티 없이
맑아야 한다네

정이 뭔지

누가 나를
이 시대 마지막
휴머니스트라 했던가

정이 뭔지
퍼주고 나니
빈손일 뿐

허름한
자리에 둥지 틀고
새로맞이 몸부림

다행히도
불빛만
곁을 지켜줘 고맙고

모기 파리도
가족 같아
반가워

자주 찾는

생쥐도
꼬리치며 반기니

내 안
좁은 골에도
여유로움이 출렁이네

갈바람

하늘 땅
왕래하던
갈바람

굽이굽이
감아돌다
가지 끝에 걸려
바둥대다

낙엽 물고
우수수 우수수
떨어지며

울음 짓는
산중 뜨락

춘분 날에

— 봄눈

우수 경칩
개구리
입 자자한

춘분에
눈이 내렸네

발아를
서둘던 싹
바르르 떨고

꽃봉도
놀란
끝동머리도—

봄눈
내리면
풍년 든다는 속설

믿는 농부
부푼 가슴에
씨앗을 심네

제비

봄이면
남쪽에서
접어든 가족

그들의
집터는
초가집 처마끝

그러나
지금은
모두 없어진

시멘트 벽
구석 한 켠
둥지 튼 지 엊그젠데

하나
달포 지나
전깃줄 노면에 앉아

아슴아슴

두리 둘레
지배 지배지

날고 치는
날갯짓
흉내낸다

스스로
사는 법을
배우고 있는 듯—

무제

쇠는
달궈야
부드러워지고

두드려야
모양새가 나

낫이 되고
칼이 되고
농기구도 되듯

사람도
서로간
토닥거리면

훈훈한
마음에서
묻어나는 정겨움

산책

풀숲 길옆
일렬종대로
바람을 걸머쥐고

살랑
살랑 반기네
잠시 쉬던 낮달도

기다렸던가
반가워

쌉싸름한
풀내음
한줌까지도—

고엽

무서리
스며드는
가지 끝 끝동머리

여름
내내
뿌리 수액 두레박질

잡고
물고 버티던
푸른 잎

가을볕에
그을려
붉게 되었나

손을 논
고엽
훌 훌 훌

가을강은
무심하게도
유유히 흐르는데—

어려움도 참으면

과일은
저절로
꼭지가 떨어졌을 때

가장
맛나는 거

어려움도
익혀지면
향 짙은 꽃이 되어

달포 지난
후에는
당찬 열매 여는 것

조각달

실눈 뜨고
침묵해도
미소 감미롭고

어둠으로
유폐된
지상을 바라보며

나약해도
토해내는
불멸의 빛

잠자던
별들도
여기 저기 배시시—

첫닭울음

왕방산
산발치
첫닭울음

쇠울음
요란한
대처 후미진

앞 켠
전원마을
우리 안에 둥지 틀고

목청만
살아있어
새벽이면 습관처럼

희망의
아침 뜨락
꼬끼오로 여는 하루

골안개

해초 숲
일렁이고

녹색 빛
바위섬도 있네

주위를
둘레 밝혀
감돌다가

골골
골짝마다
피어오르는 보풀이

보풀보풀
안개바다

훨훨
솟아오르는
돛단배도

이어
늙은 해송
말이 없고

산빛 빛어
피는 내음
뻘밭 산굽이—

해금강을 그리며

붓발과
함께
가을산을 질러

나들이길
손잡고
필세를 따라

해금강과
맞닿으니

이토록
아득하고
수려하구나—

제 4 부

거미줄에 걸린 나비

북쪽 창을 열겠소

경원 경의선
유럽까지
길을 열어

동양의 빛
보내고 싶소

총보다
붓을 잡고
먹을 가는

여기는
몇 천 년
내려 받은

선비의
고장이요

모두 품어
맞을 터이니
어서 오시오

동쪽의
태양은 오늘도 뜨고 있소

넓은 텃밭
한 잎 두 잎
여러 잎 거두어

된장, 상추쌈
누리 두리 나누고 싶소
모두가 무상이니—

갈대 숲

일렁이는
갈대 숲

추심(秋心)
풀어 속삭이고

갈빛 받아
빚은 주(酒)

홀짝
홀짝
마신 술에

취기
겨운 갈대 숲

거미줄에 걸린 나비

바람을
낚아채려
쳐놓은 그물망

한 점
바람
파닥이는

애처로운
몸부림
힐끔 치켜 숨어보며

입맛
다시는
거미 한 마리

석양

서산마루
끝자락
무쇠솥단지

지핀 불
이글이글
타는 저녁녘

내일의
파란 꿈
익어가는 석양빛

하루
여행
끝내고 접어드는 기러기떼

갈잎의 애환

칼바람
도리치는
꽁꽁 언 얼음 위로

울먹이며
나부끼는
갈잎 한 잎

밀려난
가지 끝
되짚어 가고픈

아쉬움의
몸부림인가

우물가

버드나무
늘어진
오월의 우물가

물빛 연정
버들잎
두레박 물바가지

첫눈에
스친 인연
타는 목 축인 갈증

수줍어
붉힌 볼
번지 없는 설렘이다

삼삼한
기억들
불현듯 다가온

멀대같은

그리움

하얀 밤도
모자란 듯
전설같은 얘깃거리—

소낙비를 맞으며

머리숲을
쬐더니
속옷까지 후비는가

이왕지사
후빌라면

속속
두루 살펴
오만잡상 씻어주면

빈자리
두엄 뿌려
이랑 열고

성불을
일궈내는
불심이나 심어둘게—

가을 산빛

가을 산
높다 해도
더 높이 오르려는

산촌의
푸름마저
잔인하게 둘러 묶은

벌건 산 다색
빛시울 눈부심

담뱃값

살 때마다
푸념한다
값은 배로 올려놓고

영어의
몸 되어
교도소에서도

민초들의
함성을
듣고 있는가

독거노인
과부들
그리고 노숙자까지도

벗님
같은 심심초,

평생
살아라
죄풀이 하면서—

지하철

— 경로석

비워진
빈자리
돌아봐도 없고

실종된
자리 양보
진 지 오랜

줄줄이
젊은이들
스마트폰 놀이에

모두가
정지된
눈빛이다

천정
빈
손잡이는

빛바랜
경로정신
뒤뚱이며 푸념하듯—

자유인

시계
초침 세월도
밤낮 접어놓고

자고
싶을 때 자며
먹고 싶을 때 먹고

배설의
욕구는
별 수 없으니

따라
돈도 명예도
구겨 넣고

구름
바람같이
유유자적

꾸밈
없는 자유인
되고 싶구나—

박꽃 피는 마을

날 지면
피는 박꽃
반기는 촌로

하루 일
끝내고
돌아가는 길

초가지붕
어린 박순
달빛 엮어 줄줄이

밤하늘
달빛 받아
애숭박은 커가고

돋아 고인
잿빛 굴뚝
연기 피는 마을

집집마다
가마솥
달궈지는 아궁이

두물머리 봄

아지랑이
모락모락
들녘의 입김들

훈훈한
온기로
봄문 여는
바지배미 다락논

겨울잠
부시시
개구리 울어 짓는

가락 실어
오는 길목
축을 세운 훈풍

두물머리
물길 위로
가르마 타는구나

냉이

행길
건너 봄단장
작은 언덕머리

밟히고
채이고도

파릇파릇
속삭임
아슴아슴

포기 포기
서로 사이
소곤소곤 재잘재잘

귀 세운
나무꾼
호미 끝 날이 서고

서둘러
입 벌린
비닐주머니

땅거미 햇살욕

빛—
바람과 더불어
그림자 속으로

그늘
여기 저기
빛 꽃 피고

지나던
바람도
쉬어가던 흙담머리

군데
군데 받아 밭은
봄 뜨락엔

땅거미도
여유로운
햇살욕

막차를 기다리며

봄 뜨락
안개꽃
보풀보풀 간이역

역무원은
없고

주변을
보듬는
깜박거리는 전등만

진
매화꽃도
다시 와 피는데

영영
떠날
막차 기다리는 노마(老馬)

백태 낀
희미한 눈빛만

밭일

아들 딸
다 키워
훌훌 내보낸

노부부
오순도순
아침 창 치우고

머지않아
접어들
영원한 집

흙으로
느는 길
길목 트고자

매일
아침
밭일 나서는

허리
굽은
노인네

제 5 부
눈 위 새 발자국

진달래

진달래
피는
사월이 오면

두견새
속울음
참꽃 피고

꽃고름
물든 마음
설레이는 건

즐겨
밟고 떠났을
삼삼한 그리움

눈 위 새 발자국

눈(雪) 빛
번뜩이는
빛 부신 산과 들

묻어나는
삼보일배
새 발자국

울림이
묻어나는
고승의 법문 한 자락

개나리

척박한
두메에
냉이 꽃 피면

옛적
순이네
앞가슴 부푼 듯

파초 잎
물오르고

삼월이면
꺾어 쥐던
개나리 향기

지,
분내
같다고,

촐랑대던
그대

빙의 되어 핀

개나리
울타리
화사한 봄마당

백자 항아리

여백 속
빈 항아리
넘치는 충만감

보면
볼수록

울림은
고승
법문같이

선어가
가득 찬
백자 항아리

첫 기차

솔솔 이는
새벽 공기
돌아드는 첫 기차

가로등
점, 점, 점

하루가
열리는
첫 소식도 싣고 가나

그리웠던
마음 한 켜
혹이나지만

훌쩍 지나
멀어지는
공허로운 뒷모습

새털구름

청청하늘
무대로 하고

강아지도
꼬리치며
등천용도 훨훨

백학도
너울너울
자유자재 넘나들며

꾸밈없는
여유로움
감동적이다

그대로
묻어나는
재치 있는 한 장막

나도
사후에는
새털구름 되고 싶다

장마

검은
비구름이
가둔 해와 달

비롯한
노한 하늘은

우르릉
쿵쿵쿵
번쩍번쩍

물항아리
깨부수듯
더 이상 부술 게 없던가

다행히도
빛이 내리고

화를 푼
하늘이 웃는다

더위

스레트
지붕
열기가 들고나고

파리들도
모여들어
그들만의 세상인 듯

더위
겨워
웃통도 벗고

선풍기도
열받아
지친 듯 도네

창을 여니
아— 시원하다
와 닿는 바람결

선거철

하늘을
보니
생기 돌고

음지에도
빛이 드는데

고개
돌려보니
거리는

기호 몇 번
왕왕
분주하다

표심은
오락가락
맘 둘 곳 없어

우왕
좌왕
헤매는 거리

오랜 가뭄

피해 가면
안 되는
고집통 가뭄이다

겨울눈도
넉넉지 못해

가뭄타
주름결
군데군데 금을 긋고

풀숲도
메말라
늘어져 지치는데

때마침
비구름
달려오더니

뿌려준
촉촉함

물기가 흐른다

생기로운
초목들은
훌훌 털고 일어서고

불법주차

우리 집
문 앞에
방게 모여 들어요

뭍이
그리워
왔을제

햇빛도
지나다 머물러
그림자 띄우고

바람도
헤적헤적
품을 더듬어요

지나던
단속원도
이름표 달아주고

그래도
찾아든 귀한 손님
맘 해 보지요

대보름

대보름
달 뜨면

뒤뜰
한 켠
정화수 장독대

두 손 모아
소원 빌고

들에는
쥐불놀이
즐기던 유년시절

기억이
도지면

그 시절
그리워진
허무의 마음바다

호수 · 2

구름이
떴다 둥실둥실
숲도 일렁이고

그림자도
스며들어

구겨진
세월
헹구고 있구나

물잠자리도
깃을 치는

하늘
품은 호수는

작고도
넓은
또 하나의 우주

콩타작

삐걱
탈싹
삐걱 탈싹탈싹

도리깨살
잔인한
부딪침에

껍질 벗고
튀는
알알들

우왕
좌왕
튀다가

콩콩콩
또르르
하수구로 쏙—

퇴원 날에

털고픈
잔소름
짙은 외로움

삭신마저
초췌한
잎 지는 계절에

외롭게
잠겨드는
찾아 나선 삶의 한 켜

농심

움트는
맑은 날
두엄 주고 북을 주고

어느새
싹을 틔워
살랑살랑 초록이랑

훈풍에
일렁이며
촉을 세워 긋는 선

농심
그 뜻 숨은 둘레
이랑 한 자락—

노상(路上)

방아깨비
투덜대며
일자리 찾아가던

시골
도시
노상은

모여든
색색
줄지은 방게들

뭣이
그리 바쁜지
앞서거니 뒤서거니

간간
금속성
거칠은 파열음,

제6부
어머니의 거울

아침강

하늘품을
파고들던
별들이 내려와

결 고운
초록 잎
살랑살랑 흔들며

얼음 풀린
샛강
현란한 빛시울

깃질하는
물총새도
시샘 바람에
손발 시려
호호 불고

메아리
여울지는
물목 턱은 넘쳐흘러

자던 마음
일깨우는
아침강이 흐른다

구곡폭포

골을
누비고
들을 지나

흐르는
길
막힘 없이

구곡을
끌어안은
천년수 폭포 물줄

넓은
바다 이르는
파란 꿈 보듬으며

흘러
드는
맑은 물줄

담뱃갑

경고성
간암 폐암
더불어 후두암

걸머지고도

애연가의
입맛 돋구려
주머니 보호받다가

무상으로도
다 내주고도

미련 없이
떠나는 쓸쓸한
담뱃갑

해바라기

– 그림을 그리며

호박순도
기(氣) 세워
기어오르고

피고 진
민들레 꽃대
자리에 눕고

바람도
살랑살랑
볼을 쓰다듬으며

하루 전
다녀간
그리운 님 생각에

속 둘 곳 없어
지나는
빛이나 따서
맘 주려고

돌담 아래
키 세우고
기다리는 바라기

소통부재

잘난 척
못난 척
척으로
당당하다가도

수준
다르면
들은 척 마는 척

소통이
절벽이니

답답
입이 닫히고
관계 사이

골이
깊어지니

너는 너
나는 나
치유불통 소통불능……

들고양이

주방을
엿보던
그 버릇 도져

때 되면
문전을
서성이네

풍기는
내음에
코를 벌렁이며

프라이팬
구이생선
탐을 내는구나

이놈아
서글프다
옛 모습 같아서

새봄
훈풍에도
차가운 설움—

봄소식

삼월이라
싹트는 소리
귀가 즐겁고

발아를
서두르는
가지 끝 끝동머리
생기가 돌아

한겨울
이겨낸
힘든 일상
토닥거리듯

주변
도는 햇살도
따사롭고

어느새
훈풍도 와
뜨락에서 노네—

도량

선기
감도는
도반들의 숨소리

타는
몸통
사르는 촛불

불성을
품어
흐르는 촛농

좌선중
잡생각
녹이는 선방은

선음이
감도는
그윽한 고요

봄이 오는 소리

훈풍도
와 있고

떠나는
잔설
뒷모습 쓸쓸하다

흙담머리
한겨울
견디던

파란 눈
봄별 곁에
소곤소곤 잘도 논다

후미진
한 켠엔
얼음뚜껑 열어

풀쑥풀쑥
고개 드는 새싹들

그네

초록빛
일렁이는
오월의 언덕

부서진
바람 조각
휘날리는 창공으로

오만가지
잡념들
풀어내는 나비춤

혼폰

혼술
혼밥도
조촐한 즐거움

그래도
적적할 땐
따르릉 귀가 솟고

켜켜이
쌓인 얘기
주고받다 보면

속내
한 켜
빛 뜨고

겹겹
주름폭도
녹아내리는

미미한
일상이라도
포만감 살맛나네

취선정

내산리
도는 굽이
계곡물 흐르고

취선정
뜨락에
터 잡은 김씨네

신선도
지나다
취해지는 자락

매실주
한 잔에
시 한 편 읊어보니

주력이
시(詩)력이라
미침이 한계인 듯

필발도
비웃듯
때마다 헛질이다

곰탕집

달빛도
내려와
맛보고 돌아서고

물도
흐르다
머물러 간다는

한 잔 술
주독이
속 후빌 때

잎 지는
생강머리
소문난 곰보네로……

국화

황금 들녘
노을빛
일렁이는 가을서정

지는 낙엽
영근 이삭
고개 숙인 꽃잎도

곧 올
서릿발에
떠날 채비 서두르는지……

어머니의 거울

여미어 품은
어머니의 거울

그리울 때
가슴 열면
맞닿는 눈빛

생생한 모습

기쁠 때는 미소가
슬플 때는 눈물이
화낼 때는 성난 눈빛

일할 때는
땀방울이

눈에
감기는
알알이 익은 모성애

산수유

꽃불 지핀
산자락
풀어내는 봄기운

발기한
끝동머리
벌 나비 기다림에

뿌리목엔
결(冬)잠 털고
물질하는 두레박질

소리
자자 봄맞이
사월의 여심(女心)이다

경원선 복원 소식에

먼
세월
베고 누운

녹슨 심장
잡초 밭
긴 이랑 수백 리

눈 먼
산하
일깨우는

속결
겹겹
녹슨 선

기적 울려
달리고픈
월정에서 북촌머리

맥 잇는
경원선
달리고픈 망향의 꿈

제 7 부

하루 시작은 정지로부터 오는가

일광욕

— 호도를 그리며

산마루
도는 굽이
천년 노송 그늘 지나

한 줌 달빛
받아 받아
두루 둘레방석 틀고

몸
푸는
산중호걸

봉선화

그대 모습
오늘 따라
산뜻함이 넉넉하고

울밑
작은 뜨락
이랑마디 마디마다

꽃물 들일
꽃이 되어
피는 웃음 넉넉하니

정이
가는 그대 눈빛
오늘 따라 고웁고—

부딪쳐 내는 소리 파장도 가락이다

빛시울
울궈내
무지개로 띄우고

물결
빛파장
갈매기의 놀이터

물섬 벽
소리 파장
물파주(水波奏) 살아나고

물꽃이
피고 지는
한 장막 연주다

부딪치면
이는 파장
음계 없이 치는 가락

자연이
울리는
더없는 타악기다

돌복숭아

가 보니
재 너머
빈 토담집

홀로 남은
가지 손
내민 돌복숭아

거칠고
시어도

여기
하고
내미니

목(木)
그루터기
잡버섯도

배시시
짓는 미소—

참꽃 진달래

두견새
속울음
게워 삭힌
두엄 풀어

고이
가꾼
씨눈박이

가지 끝
참꽃 숨결

봄바람이
모두어 지핀
활활 타는 꽃불 산

비보

생일이라
보내온
백설기 먹으며

타지에서
겪었던
설움 달래고

하여
그 누님은
영영 떠났다네

이게
무슨 날벼락

모든 게
무너지듯
슬픔만 밀려드니—

활어 횟집에서

넓은
바다에서
팔팔 놀다가

물이 그리워
그 물 안에
들었더니

어느
활어집
도마에 누워

동강난
몸 자락은
입 맞춘 젓가락질에

속살 빛
곧이 세워
발발 떨며

바다만

바라본다

이게
바로
활어의 삶이던가

비구니 목욕재계

싸리골
산허리
비구니가 사는 절집

만월이
뜨는 날
수선(水禪)에
든
네 스님

구경 가자
기별 풀어
동네방네 철부지들

휘영청청
달빛 계곡
들킬까
숨어 보니
가슴에도 달이 떴네

그립다

쪽 쪽 쪽
도지는 엄마 품

사춘기가
발아하는
조무래기들의 호기심

하루 시작은 정지로부터 오는가

별빛
다녀간
실눈 뜬 뜨락에

한 줌
햇살 발걸음에
고요를 흔들고

열리는
하루
달그락 소리
이는
정지에는

구석 한 켜
멍멍이
입맛 도지는지

허기진
눈빛으로
꼬리치며 보챈다

훈풍

산빛 가린
하얀 잔설
참고 견딘 응달도

쪼아대는
봄볕에
흔적 없이 봄빛 들고

양지쪽
솔빛 훈풍
방석처럼 틀고 앉아

다음은
어느 들녘
어느 강산

가늠하는
봄바람

명절을 맞으며

명절이
내일인데
여백의 거리를

붓발로
짚어 봐도
검은 눈물뿐이니

타지에서
고향 꿈은
늘 허상일 뿐

먼 길
멀어
수백 리
그리움만 도지고

독거노구의
단칸방
찬바람만 스미네

윷놀이

윷놀이
멍석판
동네방네 모두 모여

한바탕
즐기며
놀아보자 윷놀이

웃어야
일부 넘고
엎드려야 모두 넘어

오는 해
풍년기약
한줌 손에 움켜쥐고

치켜
올려
소원 빈다

새해 새 다짐

새로
꾸는
푸른 꿈

때깔 고운
한복 맵시
옷고름에 피누나

제사상
깃든 정성
효행심 번뜩이고

새 소식
물고 온
밤 가지 까치 한 쌍

새해
새 다짐
야무지게 번뜩인다

요지경

척박한
두메 핀
민들레 순 곱고

목련도
탱탱
물질 한철인데

흙담머리
후벼대는
병아리떼

발바닥
부르텄다

어미닭
머리엔
달개비꽃 피고

그것도
꽃이라
나비 날개 세웠다

눈 내리는 밤

한밤
사락사락
우렁각시 옷 벗는 소리

정지의
무쇠솥
물이 차 한가득

혹이나
목욕중

숨죽이자
조용히
눈 내리는 밤

물빛 이야기

푸른 빛
샛강 물줄
질도 초록빛

도는 빛
미소롭고

자근자근
소곤소곤
가락 고운 물파주(水波奏)

이는 여운
노래감상
홍얼대는 물방개

풍류 멋
즐기는
여유로움이 부럽구나

| 작품평설 |

토속미 듬뿍 배인 삶의 해학과 풍류

– 최중기 여덟 번째 시집《하늘 녹이는 달빛》의 시세계

김 재 엽

한국불교문인협회 사무총장, 한국문학비평가협회 상임이사

펜을 들면 시는 누구나 쓸 수 있을 것이다. 다만 시인은 그가 과연 시인으로서의 천품(天稟)을 타고났느냐 그렇지 않으냐에 따라 큰 차이점을 나타내기 마련이다. 그가 천품을 타고난 시인이라면 장차 빼어난 시를 쓸 수 있겠지만 그 역시 훌륭한 시를 쓰기 위해서는 피나는 시어 탁마(琢磨)를 해야만 가능해지는 것이다.

시란 무엇인가. 이 질문에 대해서도 '시는 잘 다듬어진 리드미컬한 언어의 노래'라 답하면서 시는 개성적으로 부각된 정서적 상념을 시인 스스로 어떻게 서정적으로 이미지화 시키느냐 하는 것이 시작법에 있어 매우 중요한 과제라 하겠다.

최중기 시인의 처녀시집《뚝배기사랑》을 비롯하여 금번에 상재하는 여덟 번째 시집《하늘 녹이는 달빛》을 대하면서 전편적으로 순수 서정의 기저에서 최중기 시인 특유의 토속적이고 막걸리 내음 듬뿍 배인 걸쭉한 인간미, 그리고 입가에

미소를 물게 하는 해학적인 요소가 시절가사적인 리듬과 풍류를 타고 매우 정겨웁게 다가옴을 느끼게 된다.

특히 그의 시는 읽기에 편하다. 이해하기 쉬운 문장에다 난해한 시어는 철저하게 배제함으로써 누구나 편한 마음으로 부담 없이 읽어도 쉽게 이해되고 가슴 속 깊은 정한을 담담하게 느낄 수 있어 좋다.

게다가 꾸밈없이 진솔하게 토해내는 최중기 시인의 솔직담백함이 시편 모두에 고스란히 담겨 있어 독자들의 마음 또한 깨끗이 정화시켜 주는 마력을 지니고 있다.

막걸리를 좋아하고 그 나름대로의 풍류에 젖어 인생을 관조하는 습성이 지나쳐 한때는 장기간 요양병원 신세도 졌었지만 스스로가 치유의 비법도 체득하여 이제는 음주도 절제하고 시창작과 후학 지도에 열정을 바침으로써 하루하루 시문학에 빠진 그의 정신세계만큼은 매우 질박하고 풍요로워 보인다.

사실 최중기 시인의 마음 속에 자리하고 있는 사물과의 깊은 교감이 끊임없이 교직(交織)해 내는 시세계야말로 인간으로서의 지각이 상상력의 세계를 거쳐 시간의 흐름 속에서 다시금 현재화하고 자의적인 담금질을 거쳐 타의 구속을 피하면서 매우 아름답게 도출됨으로써 비로소 최중기 시인의 시세계가 절정에 이르렀음을 나타내 보이고 있다.

그런 견지에서 오늘의 최중기 시인의 심상을 대변하는 시편들을 평가하며 함께 감상해 보도록 한다.

묵정밭

일구던
황소의 쟁기발에

채인
돌부리

한 줌
손에 던져진
촌로의 조막손

핏빛 울음
삼키면서도
치민 화를 참고

그래도
해해 웃으며

머물 자리
찾아 찾아
나선 조약돌

그는
바로
나였다

-〈자화상〉 전문

최중기 시인은 인생 스스로의 값진 발자취를 상징적으로 조약돌에 비추어 투시한다. 무엇보다 머물 자리 찾아 나선 조약돌은 매우 합리적인 시세계다. 스스로의 '자화상' 이라 칭하면서 자신의 의지와는 별개로 진행되어진 인생 역정을 조약돌에 가탁하여 한 편의 심오한 자아성찰의 역편을 만들어 내고 있다.

"묵정밭/ 일구던/ 황소의 쟁기발에// 채인/ 돌부리"가 태생적 이미지로서의 자화상임을 오프닝 메시지로써 밝혀 두는 최중기 시인은 "한 줌/ 손에 던져진/ 촌로의 조막손"을 자신의 인생 역정을 떠받치는 강력한 존재적 매개체로 받들어 "핏빛 울음/ 삼키면서도/ 치민 화를 참고" 또 "해해 웃으며// 머물 자리/ 찾아 찾아/ 나선 조약돌"로써 인생이란 과연 어떤 것인가를 '해해 웃으며' 천진난만하게 메타포하고 있다. 하찮은 조약돌에 비추어 자신의 삶을 통찰하면서 태생적 아픔 때문에 자괴감에 빠지지 않고 치미는 화 또한 참아내며 즐거운 마음으로 보다 밝은 미래를 웃음으로 열망하는 메시지가 예리하게 이미지화 되어 있다.

게다가 참다운 가치가 있는 시는 다른 시인들이 거의 다루지 않는 새로운 제재이거나 소재로 빛나는 이미지의 신선한 시작업일 것인데 최중기 시인의 시 〈자화상〉을 보면서 새삼 공감하게 된다.

붓길 따라
그림을
그리면서도

시란
차가운 가슴
녹이는 훈훈함에

어려움도
미소롭고
시작(詩作)은

자연의
숨소리
귀 세워
솟아
고이면

성근 삶
익어가는
영원한 품—

-〈시인의 길〉 전문

〈시인의 길〉 또한 삶의 깊이를 추구하는 독창적인 시세계를 구축하는 작업이 두드러지게 표출되고 있다. 사실 오늘날 한국시단에서 발표되는 대부분의 시는 개성이나 독창적인 측면에서 상당 부분 멀어져 가고 있는 실정이다. 즉 다른 시인들이 기왕에 발표한 소재나 제재를 차용하여 다루는 것이 현실화 되었는데 바로 이런 이유 때문에 최중기 시인의 시가 주목받아야 한다는 생각이다. 참으로 쉬운 문장이면서 특유의 리듬을 타고 독자들의 가슴 속을 파고드는 정한이야말로 최중기 시인의 시가 추구하는 최상의 가치가 아닌가 싶다.

최중기 시인은 〈시인의 길〉에서 그의 시 작업이 "붓길 따라 / 그림을/ 그리면서도" 시 스스로 뿜어내는 향훈으로 하여 "차가운 가슴/ 녹이는 훈훈함에// 어려움도/ 미소롭"다고 설하면서 "자연의/ 숨소리/ 귀 세워/ 솟아/ 고이면// 성근 삶/ 익어가는/ 영원한 품"으로 안겨드는 그런 삶이라고 자신이 가고 있는 시인으로서의 길을 묘파하고 있다.

우리나라에서는 1908년부터 시인 최남선(崔南善, 1890~1957)에 의해서 '신체시'라는 이름으로 서양의 자유 서정시가 등장하기 시작하였으며, 잇따라 〈진달래꽃〉의 김소월(金素月, 1903~1935) 시인, 〈빼앗긴 들에도 봄은 오는가〉의 이상화(李相和, 1900~1943) 시인, 〈봄은 고양이로다〉의 이장희(李章熙, 1902~1928) 시인 등과 같은 뛰어난 서정시인들이 이 땅에 속속 등장하여 한국시단을 눈부시게 발전시켜 온 것을 우리는 꼭 기억해 두어야 한다. 더불어 이와 같은 한국 서정시의 맥락에서 독자들께 최중기 시인의 새롭고도 아름다운 서정시의 세계도 주목해 주길 부탁드려 본다.

> 태양도/ 숨었다/ 서산 쪽으로// 따르던/ 호위무사 노을빛// 뒤따르던/ 그림자도/ 오간 데 없고// 지상은/ 어둠뿐이니// 요란했던/ 거리도/ 서서히 숨죽이고// 초승달만/ 배시시/ 웃음 짓는 아래엔// 풀벌레/ 재잘재잘/ 소리 푸는 여름밤
>
> -〈일몰〉 전문

최중기 시인은 위 시 〈일몰〉로써 하루를 마무리하면서 찾아드는 평화로운 풍경을 회화적으로 매우 간결하고 담백하게 묘사하고 있다. 우리들 인간의 감수성에 호소하는 것이 어떤 윤리의식은 아니고 시간과 상황 변화에 따라 변이되는 인간의 감각이라는 것을 이 시가 잘 나타내 주고 있다.

"태양도/ 숨었다/ 서산 쪽으로// 따르던/ 호위무사 노을빛// 뒤따르던/ 그림자도/ 오간 데 없고// 지상은/ 어둠뿐이니" 거리는 조용해지고 "초승달만/ 배시시/ 웃음 짓는" 그 산야에 "풀벌레/ 재잘재잘/ 소리 푸는 여름밤"이 깊어가는 것이다. 이 시를 통해서 느낄 수 있는 것은 설명으로서의 의미가 아니고 거기 쓰여져 있는 마음 속에서 환기되는 자연의 존재감을 깊이 인지하고 스스로 동화되는 것이다.

> 녹여/ 받은 달빛// 걸어/ 받아 품은/ 토담집 지붕// 간간/ 갈바람/ 스쳐 지나는// 어린/ 조막손/ 지주대 타고 올라// 농익힌/ 달빛 뉘어/ 애숭박은 커가고// 밤나절/ 굼벵이도/ 오랜만에 달빛욕
>
> -〈하늘 녹이는 달빛〉 전문

이 시집의 표제시로서 또 다른 감흥을 불러일으키는 〈하늘 녹이는 달빛〉 역시 서정미 듬뿍 배인 짙은 회화적 아름다움을 잔잔하게 내비치고 있다. 우리의 옛 모습이랄 수 있는, 어쩌면 고루한 느낌마저 자아내는 시골 풍경이지만 "녹여/ 받은 달빛// 걸어/ 받아 품은/ 토담집 지붕"이라는 참으로 그림 같은 화폭에 "달빛 뉘어/ 애숭박은 커가고" 촉촉한 밤이슬 받으며 "굼벵이도/ 오랜만에 달빛욕"을 즐기는 모습이 평화롭

고 생동감 있게 그려져 잔잔한 감동을 안겨준다.

일찍이 영국의 시인 엘리엇(T.S. Eliot, 1888~1965)은 시창작의 현장을 작업장으로 비유하면서 동시에 시비평 방법으로서의 '워크샵 크리티시즘'(workshop criticism, 작업장 비평)을 주창하였다. 그것은 타성적이며 진부하고 고루한 종래의 낡은 시작(詩作) 행위를 탈피하여 참신하면서 새로운 시의 경지를 구축하자는 것이었다. 이는 엘리엇의 신고전주의(新古典主義) 문학론의 전개 과정에서 등장한 방법론이기도 한데, '소재가 낡았다 하여 작품의 내용이 낡은 것은 아니다.

기존의 제재를 가지고 얼마나 새롭게 쓰느냐 하는 것이 시인의 능력을 평가할 수 있다'는 것에 새로운 포인트를 맞추고 있다. 이런 의미에서 최중기 시인의 작품이야말로 우리의 옛 풍경을 반추하며 새로운 감흥을 불러일으키는 수작(秀作)이라 하겠다.

> 무서리/ 스며드는/ 가지 끝 끝동머리// 여름/ 내내/ 뿌리 수액 두레박질// 잡고/ 물고 버티던/ 푸른 잎// 가을볕에/ 그을려/ 붉게 되었나// 손을 논/ 고엽/ 훌 훌 훌// 가을강은/ 무심하게도/ 유유히 흐르는데—
>
> -〈고엽〉 전문

시인이란 새로운 노래로서의 서정시를 창작하는 자랑스러운 작업인이다. 오늘의 한국 시단의 시편들을 대하자면 이른바 '이야기'가 서정시로서의 '노래'를 대신하여 범람하고 있어서 심히 걱정스럽다. 그런데 최중기 시인의 리리시즘으로서의 서정미 넘치는 시편들을 대하면서 그 걱정을 해소시켰

다면 독자들은 어떻게 받아들일까 궁금하기도 하다.

〈고엽〉은 이렇다 할 테크닉(technic, 기교)을 구사하고 있는 것 같지 않으면서도 이미 내재시키고 있는 뚜렷한 기교적 콘텐츠가 담겨 있다. 그것은 곧 현대시의 시작법에 있어서 '기교 아닌 기교' 라는 고도의 표현 수법을 구사하고 있다는 징표이다. 시인의 타고난 천부의 재질 또한 여기에 포함된다.

나뭇잎을 제재로 설정하고, "여름/ 내내/ 뿌리 수액 두레박질// 잡고/ 물고 버티던/ 푸른 잎" 을 등장시킨 다음 계절의 변화라는 다양한 시적 배리에이션(variation, 변주) 속에 "가을볕에/ 그을려/ 붉게 되었나" 라는 환상적 이미지의 기교적 처리가 잘 다듬어진 세련된 시어로 빼어나게 메타포 되어 독자들에게 정서적 감흥을 배가시켜 준다.

더욱이나 가지 본지에 매달려 생명을 구가하던 "고엽/ 훌훌 훌" 흩어져 버리고 "가을강은/ 무심하게도/ 유유히 흐르는" 적막감이 오히려 긴 여운으로 남아돈다. 그리하여 최중기 시인의 서정시처럼 시는 결코 '이야기' 가 아닌 운율을 바탕으로 하는 아름다운 '노래' 이어야 한다고 다시금 강조하고 싶다.

> 일렁이는/ 갈대 숲// 추심(秋心)/ 풀어 속삭이고// 갈빛 받아/ 빛은 주(酒)// 홀짝/ 홀짝/ 마신 술에// 취기/ 겨운 갈대숲
>
> -〈갈대 숲〉 전문

위 시 〈갈대 숲〉을 읽으면서 문득 생각나는 것은 17세기 프랑스 철학자이며 수학자, 물리학자였던 파스칼(Pascal, Blaise,

1623~1662)이 또한 시인으로서 밝힌 시적 단상(斷想)이다. 그는 후학들의 손에 의해 뒷날 엮어진 유고집 《팡세》(Pensées, 1670)에서, "공간에 의하여 우주는 나를 감싸주고, 하나의 점으로서 나를 삼켜 버리네, 하지만 사고(思考)에 의하여 나는 우주를 감싼다네"라며 〈생각하는 갈대〉를 노래했다.

그렇듯 파스칼은 거대한 우주가 자기 스스로를 감싼다고 했거니와 최중기 시인은 "일렁이는/ 갈대 숲// 추심/ 풀어 속삭이고// 갈빛 받아/ 빚은 주(酒)"라 했으니 '생각하는 갈대'와 더불어 '취기 겨운 갈대 숲'으로써 상호 비교되고 또한 공감된다. 이것은 시공(時空)을 초월하는 슬기로운 인간의 고도적(高蹈的) 이미지의 동화작용이 아닌가 싶기도 하다.

> 서산마루/ 끝자락/ 무쇠솥단지// 지핀 불/ 이글이글/ 타는 저녁녘// 내일의/ 파란 꿈/ 익어가는 석양빛// 하루/ 여행/ 끝내고 접어드는 기러기떼
>
> -〈석양〉 전문

위 시 〈석양〉을 보면서 참으로 명징하게 그려지는 한 폭의 수채화를 감상하는 느낌이랄까? 최중기 시인 스스로가 그야말로 작열하는 불볕더위를 감내하고 "내일의/ 파란 꿈/ 익어가는 석양빛"을 그리며 삶의 보금자리로 찾아드는 "하루/ 여행/ 끝내고 접어드는 기러기떼"를 환치시켜 평화로운 분위기를 연출하는 솜씨가 일품이다.

여기서 문득 떠오르는 것은 미국 시인 에즈라 파운드(Pound, Ezra Loomis, 1885~1972)의 "위대한 문학이란 가능한 한 최대한의 의미로써 충실한 언어다"(〈How to Read〉, 1931)라고

한 견해이다. 최중기 시인의 시 〈석양〉에서 가능한 한 최대한의 의미로써 충실한 언어의 이미지화 작업을 탐색하는 것이 곧 에즈라 파운드의 '충실한 언어'를 공감하게 되는 것이라 해도 결코 지나치지 않다는 느낌이다.

삐걱
탈싹
삐걱 탈싹탈싹

도리깨살
잔인한
부딪침에

껍질 벗고
튀는
알알들

우왕
좌왕
튀다가

콩콩콩
또르르
하수구로 쏙—

-〈콩타작〉 전문

우리에게도 온고지신(溫故知新)이라는 훌륭한 가르침이 있다. 그와 마찬가지의 견지에서 이 작품을 대하며 시인이 다루는 소재는 옛날 것이로되 새로운 이미지의 시창작에 임하고 있음을 우선 새롭게 인식하게 된다. 즉 이 시대에 도리깨라는 농기구는 농업박물관에서나 찾아볼 수 있는 그야말로 희귀한 옛 제재를 가지고 얼마나 참신한 콘텐츠(contents)를 엮어내느냐에 따라서 그 시인의 역량이 평가되기 마련이다.

그런데 이 시 〈콩타작〉에서 의성어로 교직해내는 삶의 해학 또한 저절로 흥을 돋움으로써 전체적으로 품어내는 다양하고도 다채로운 상징적 메타포는 수사(修辭)의 하이퍼볼(hyperbole, 과장법)에 편승하여 자연스럽고도 신선한 이미지 창출에 성과를 거두고 있다. 최중기 시인의 빼어난 시재(詩才)를 다시금 평가하게 되는 대목이기도 하다.

유능한 시인은 세련된 은유의 기법을 통하여 기성적인 관념을 불식시키고 새로운 가치관의 미학적 이미지를 엮어내는데 그 중에 한 사람이 최중기 시인이라는 것을 거듭 밝히면서 향후에도 더욱 매진하여 시인으로서 대성하길 기대해 본다.

최중기 여덟 번째 시집
하늘 녹이는 달빛
•
지은이 / 최중기
발행인 / 김영란
발행처 / 한누리미디어
디자인 / 지선숙
•
08303, 서울시 구로구 구로중앙로18길 40, 2층(구로동)
전화 / (02)379-4514, 379-4519
Fax / (02)379-4516
E-mail/hannury2003@hanmail.net
•
신고번호 / 제 25100-2016-000025호
신고연월일 / 2016. 4. 11
등록일 / 1993. 11. 4
•
초판발행일 / 2018년 8월 10일
•

값 10,000원
•

ISBN 978-89-7969-780-3 03810